# LA VIE ET MIRACLES
## DE LA VIERGE MADAME
# SAINCTE GENEVIEVE
## PATRONE DE PARIS.

IE chante les *Vertus*, la *Vie*, & les *Miracles*,
L'ardante *Pieté*, les *Vœux* & les *Oracles*,
De Saincte GENEVIEVE, *vne Vierge de prix*.
IESVS la prit pour sienne, elle pour sien l'a pris.
  Vn champ prés de *Paris*, que l'on nomme *Nanterre*,
Est le pays natal, & l'adorable terre,
D'où nous est surgeonné ce diuin arbrisseau,
Ce rayon de clarté, ce bel *Astre* nouueau.
Ny l'*Europe* iamais, ny l'*Arabie heureuse*,
N'ont produict vne fleur si rare & precieuse.
  SEVERE vn bon *Chrestien*, & sa GERONCE aussi,
Eleuerent leur fille en la foy, tout ainsi
Que Sainct *Denis* l'*Apostre* enseigna dans la *France*,
La luy faisant succer dés le laict de l'enfance,

A ij

C'estoient de bonnes gens viuans de leur trauail,
Leur bien estoit leurs mains, & tout leur attirail
Estoit tout ce qu'il faut au parfaict labourage,
Au mesnage des champs, au soin du pasturage.

    Aagée de six ans ; aduint que S. Germain,
Euesque plein de foy, tout doux & tout humain,
Le septiesme en ce rang de l'Eglise d'Auxerre,
Pour faire auec S. Loup voyage en Angleterre,
Quittant l'vn la Bourgongne, & l'autre les Troyens,
Pour combattre de voix l'erreur des Pelagiens ;
Par rencontre passant en ce petit village,
Au deuant de luy vint entre autres ce visage,
Tout doux, tout enfantin, tout aggreable aux cieux,
Qui rauit tout à coup & son cœur & ses yeux :
Vne pointe d'amour luy frappa dedans l'ame,
Vn rayon le brusla d'vne diuine flame,
D'vn esprit tout rauy ne pensoit plus qu'à soy,
Ses charmes le tenoient comme tout en esmoy.
Ma fille, luy dit-il, prenez garde à ce cierge (Vierge,
Qui brusle dans vos mains ; Dieu vous veut pour sa
IESVS pour son espouse, & d'vn amour bruslant,
Allez en mesme ardeur les autres enflamant

# LA VIE
# ET MIRACLES
## DE LA VIERGE
### MADAME
## SAINCTE GENEVIEVE
### PATRONE DE PARIS.

*Par M. Iacqves Corbin, Conseiller &*
*Maistre des Requestes ordinaire de la*
*Royne, Aduocat en Parlement.*

# A PARIS,

Chez *Iean Libert*, ruë S. Iean de Latran,
deuant le College Royal.

## M. DC. XXXII.

# AV LECTEVR

*D'vn style releué transcendant dans la nuë*
*Ie n'ay fait ce Liuret traictant d'humilité;*
*Parce que de tout temps la pure verité,*
*Telle qu'elle est icy, se veut voir toute nuë.*

CORBIN.

Par vostre exemple Sainct, luy donnant la foy pure,
De l'aymer à iamais d'vne entiere nature.
Ne le voulez-vous pas d'amour parfaict & doux,
Qu'à iamais IESVS-CHRIST soit vostre seul Espoux?
He! c'est tout mon desir, luy dit ce petit Ange,
Si Dieu par son vouloir mon courage ne change;
Priez-le, Pere Sainct, priez-le, s'il vous plaist,
D'en parfaire le vœu, qui dans mon coeur me naist.
Cela dit, Sainct Germain se porte dans l'Eglise,
Sa main dessus sa teste, & lors comme il aduise,
Et Seuere & Geronce il leur dit à tous deux;
Venez-cà, mes enfans, Dieu vous rend trop heureux,
De vous auoir donné ceste fille en partage,
Ce vous est vne grace, vn thresor & vn gage,
Si rare & precieux qu'au ciel elle luira
Comme vn Astre, & en terre elle aussi regnera,
Par bien-faicts de sa main sur le peuple de France.
Les Anges à son naistre ont fait resiouissance.
Amenez-la demain, & Dieu m'ordonnera
De faire d'elle-mesme ainsi qu'il luy plaira.
	Le lendemain venu la Vierge se presente
D'vn visage riant, & ferme elle se plante

A　iij

Sur ses pieds belle & droicte. Et l'Euesque luy dit,
Auez--vous bien pensé d'espouser IESVS-CHRIST?
Voulez-vous luy voüer la virginité saincte
Que ie voy dans vos yeux & vostre cœur emprainte?
Ce mot, Virginité, fit rougir son beau teint,
Vermeillonnant sa face, ainsi qu'vn œillet peint
De diuerses couleurs : comme vne rouge rose
Qu'vn Printemps sur vn Lys auroit le iour esclose.
Sainct Germain s'esioüit de voir ceste couleur :
Car la plus belle c'est celle de la pudeur.
Ouy, dist-elle, mon pere, à luy seul ie me donne,(ne.
Mes vœux, mon coeur, mon corps, à luy seul i'abandon-
Mon ame, mon amour, mes sens, & mon esprit,
Ie resigne & déuoüe à mon seul IESVS-CHRIST.
Et moy ie vous accepte, & comme estant son Prestre,
Ie vous consacre à luy pour sienne à iamais estre,
L'aimer & le seruir ainsi que vostre Espoux,
Seure que comme telle il aura soin de vous,
Et vous fera seruir par la main de ses Anges,
Et meriter de tous de diuines loüanges.
Ie vous en donne donc ma benediction,
Citoyenne à iamais de la saincte Sion.

Iettant l'œil à ses pieds, il y void apparoistre
Vne piece d'argent ne faisant que d'y naistre,
Ayant aux deux reuers pour image la Croix,
Adorable signal de IESVS Roy des Rois.
Il la prend & la donne à la Vierge Royale,
Disant, tenez, voilà la pompe nuptiale
Que IESVS vostre Espoux vous donne de sa main,
Pour chaine & pour collier pendez-le à vostre sein;
Fuyez tout autre fard dont le monde se gorge,
D'autres perles iamais ne souillez vostre gorge:
Surmontez par la Foy l'effort de la Raison,
Et le Monde & la Chair par la saincte Oraison.

Se separent ainsi ces deux Saincts personnages,
Remportans de leurs voix par leurs mutuels gages,
Qu'en leurs deuotions, & prieres & vœux,
Ils se resouuiendroient l'vn l'autre chacun d'eux.

Ie luy donne ce nom de la Vierge Royale,
Parce que iouïssant de la Foy nuptiale
De IESVS Roy des Rois, les femmes ont le prix
De la gloire & l'honneur qu'on donne à leurs maris.

Geronce vn iour apres la voulant forcer d'estre
A garder la maison pendant que le Sainct Prestre

Dans l'Eglise chantoit les loüanges de Dieu,
Elle y voulant aller, comme estant en ce lieu,
Qu'elle deuoit se rendre, & de ses léures dignes
Redire à basse voix les Psalmes & les Hymnes :
Sa mere impatiente & par trop de courroux
Luy donne sur la iouë, & soudain son Espoux
Vengeant cet attentat luy fit perdre la veuë;
Et durant vingt-vn mois elle en fut despourueuë.
En fin se repentant elle reuint à soy,
Et dist en souspirant; Ma fille, gueris moy,
Pren ce seau, va au puits, tire-moy de l'eau claire;
Et m'en laue les yeux, afin qu'elle m'esclaire.
Car ie croy si tu veux inuoquer ton Espoux
Qu'il me fera reuoir comme auant son courroux.
La Vierge humble s'en court, & d'vne adresse pronte
Tire de l'eau du puits, & voyant qu'elle monte
Sous l'effort de son bras, se souuenant aussi
Que sa mere souffroit pour l'amour d'elle ainsi,
D'vn souspir enflamé elle perce la nuë,
Elle dict, Rends, IESVS, à ma mere la veuë.
Dés la premiere fois qu'elle laue ses yeux,
Elle commence à voir, la seconde vn peu mieux,

La tierce tout à faict la veue est aussi belle
Qu'au Printemps de son âge estant ieune pucelle.
Tout le monde admira ce miracle nouueau,
Comme faict sans remede autre que de claire eau.
Dieu, dist la mere alors, ie te rends humble grace,
Tu me rends la lumiere & l'honneur de ma face.
Le peuple la reuere, & la mere sur tous,
La tient en grande estime à cause de l'Espoux.

En ce temps n'y auoit tant de clos Monasteres,
Pour y viure en commun sous des Abbez austeres;
Ainçois apres le vœu de la profession,
Chacun viuoit chez soy, sous sa deuotion.
L'âge estant donc venu de se faire professe,
Elle va vers l'Euesque en plus grande ieunesse
Que deux autres aussi lesquelles se voüoient
Plus auant dedans l'âge, & mesmes vœux offroient.
Pource elle les suiuoit demeurant la derniere :
Mais l'Euesque voyant qu'elle estoit la premiere
En merite & vertus, la fit mettre au deuant,
Par honneur deuant tous, Dieu le luy reuelant.
Depuis elle vesquit en vne grande crainte,
Et vn amour de Dieu, comme estant toute Saincte,

Sous l'aile de sa mere, & de son pere aussi,
Les seruant humblement d'vn curieux soucy.
Ils moururent tous deux, la laissans ieune d'âge,
Heritiere à leur mort d'vn petit heritage.
Elle pria pour eux, les pleurant tendrement,
Portant le dueil au cœur plus qu'à son vestement.

Comme il n'est pas seant en si grande ieunesse,
Seule en vne maison demeurer sa maistresse;
Sa marraine, vne Dame & d'honneur & de prix,
La faict venir chez soy pour viure dans Paris.
Où peu de iours apres tombant en maladie,
Son corps fut tout perclus d'vne paralysie,
Et demeura trois iours qu'il sembloit que son corps
Deust estre pour iamais mis au nombre des morts.
En fin Dieu luy rendit sa santé toute entiere,
Et la luy conserua iusqu'à l'heure derniere,
Qu'elle mourut, ayant plus de quatre-vingts ans.
C'estoit bien pour monstrer viuant vn si long-temps,
Que telle guerison estoit vn pur miracle,
Et de faict elle mesme en rendit son oracle.

Elle naist quatorze ans apres que les François
Eurent sous Pharamond regné sur les Gaulois,

De Clodion son fils la quatriesme année :
Elle vescut encor sous le Roy Meroüée,
Et dessous Chilperic, & sous le grand Clouis,
Iusqu'apres son deceds au regne de ses fils.

   Or pendant qu'elle estoit en sa paralysie,
Elle fut plusieurs fois iusques aux Cieux rauie,
Et iusques aux enfers, où elle veid les feux
Des damnez, & des bons le Paradis heureux.
Ce fut lors que Iesvs luy donna l'asseurance
De regner dans Paris, l'œil d'honneur de la France,
D'en estre la Patrone, & luy donner secours
Quand elle le voudroit en tout temps & tousiours,
De disposer du ciel, & le descendre en terre,
Tant il veut honorer la fille de Nanterre.
Il luy donna le don de cognoistre les cœurs,
Le passé, l'aduenir, les iustes, les pecheurs,
De guerir à chacun le mal qui le deuore,
De chasser les esprits aux possedez encore :
Et bref, tout ce qu'il peut, il le met en la main
D'vne Vierge si douce, & d'vn cœur tant humain.
Mesme apres que son corps soit pourry sous la terre,
Tant il veut honorer la fille de Nanterre.

                              A vj

Le ſecret des grands Rois veut eſtre tout couuert,
Mais le ſecret de Dieu veut eſtre tout ouuert,
Diſoit l'Ange à Tobie, ainſi que la chandelle
Que ſous le boiſſeau clos iamais on ne recelle,
C'eſt pourquoy noſtre Vierge en dit publiquement,
Ce que Dieu luy auoit commis ſecrettement.
Elle en fit telle preuue à chacune rencontre,
Qu'apres on n'oſa plus en parler à l'encontre.

Sainct Germain derechef ſortant de l'Auxerrois
Pour refuter encor les erreurs de l'Anglois,
Repaſſant à Paris luy donna ſa viſite,
Pour faire voir à tous le prix de ſon merite.
Prians tous deux enſemble, il monſtra que ſes pleurs,
Moüillans la terre eſtoient teſmoins de ſes ardeurs.

Tout le monde fuyant le torrent de la guerre,
Attila Roy des Huns, dict le Fleau de la terre,
Ainſi que tout Paris s'enfuyoit hors de ſoy,
Elle arreſte le peuple, & luy dit, croyez-moy,
IESVS m'a reuelé que vous n'auez que craindre,
Paris ſera ſauué, n'ayez dequoy vous plaindre.
On la creut, & les flots de ceſt eſpouuentail
Portent ailleurs l'effroy de tout ceſt attirail.

Sa vie en son manger estoit autre qu'humaine,
Ne mangeant que deux iours en toute la semaine,
Le Dimanche & Ieudy, des febues & du pain,
Et ne beuuant iamais cidre, biere, ny vin ;
Encore du pain d'orge, & febues long-temps cuites,
De quinze à dix-huict iours en de noires marmites.
Quand elle eut cinquante ans elle mangea du laict,
Et du poisson aussi, pour obeyr de faict
Au sainct commandement du Pontife & du Prestre,
En chose que ce fust ne voulant rebelle estre.

Deuote impatiente enuers le Sainct Denis,
Apostre de la France, Euesque de Paris,
Le premier qui planta la Foy dedans les Gaules,
Et auquel on osta de dessus les espaules
La teste d'vn seul coup, & la prit en ses mains,
La portant de Montmartre au Sepulchre des Saincts.
Au giron de Catule, au milieu du village
Lequel est maintenant de ce Sainct l'heritage ;
Auparauant nommé le lieu Catulien,
Catule en estant Dame, & l'ayant comme sien.
La Vierge se faschoit que ce Sainct on mesprise,
Ne luy faisant bastir vne plus belle Eglise.

A vij

Elle crie, elle prie, en fin elle faict tant,

Que l'on n'y trouue plus aucun empeschement,

Sinon qu'on ne pouuoit trouuer de la chaux viue.

Par miracle elle en trouue, & commande qu'on suiue

Des porchers, qui disoient auoir veu des fourneaux

En bon nombre remplis de quantité de chaux :

Lors on edifia de Sainct Denis d'Estrée

L'Eglise, mais auant qu'elle fust accoustrée,

Elle emplit par miracle vne cruche de vin,

Laquelle sans dechet dura iusqu'à la fin.

Allant en ceste Eglise auec vn ardant ciergé,

Le diable l'esteignant dans la main de la Vierge,

A minuict dans l'obscur, l'Ange le rallumoit,

De ce cierge les maux elle les guerissoit.

Mesme vn cierge tout neuf le prenant il s'enflame,

Tant le ciel obeyt au vouloir de son ame.

Vne grande famine auenant à Paris,

Pour or ny pour argent, prieres ny amis,

On ne pouuoit auoir des bleds de la Champagne,

Elle prend ce qu'elle a, se met en la campagne,

Sur Seine faict monter grand nombre de batteaux.

Et comme se cachoient sous vn arbre & les eaux

Deux

*Deux monstres qui noyoient les batteaux de riuiere,*
*Elle destruit le tout par sa forte priere.*

*Sur la riuiere d'Aube au village d'Arcy,*
*Le Seigneur elle trouue en extréme soucy,*
*Par quel ordre il pourroit voir sa femme guerie,*
*Malade dés quatre ans de la paralysie.*
*La Vierge la guerit par vn mot de sa voix,*
*Et sur elle faisant le signe de la Croix.*
*Ma fille leue-toy. Soudain elle se leue,*
*Et saine vient seruir la Saincte GENEVIEVE.*

*En la ville de Troye à la fin arriuant,*
*Tout le peuple à la foule alloit la saluant,*
*Les malades venoient pour iouyr des miracles,*
*Les doctes & les sains pour ouyr ses oracles.*

*Vn homme trauaillant le Dimanche est puny,*
*Aueugle dés long-temps, par elle il est guery.*

*Vne fille en douze ans auoit esté sans veuë,*
*La Vierge la guerit si tost qu'elle l'eut veuë.*

*D'vn Sousdiacre le fils fieureux depuis dix mois,*
*Guery beuuant de l'eau signée de la Croix.*

*Plusieurs autres encor iouyrent de sa grace,*
*Nul ne s'en retournant esconduit de sa face.*

A viij

Elle eut aussi des bleds plein ses unze batteaux,
Qu'elle fait promptement renager sur les eaux.

Repassant par Arcy celle qu'elle a guerie,
La retient quelques iours, par apres l'a suiuie
Iusqu'où pour s'embarquer sa flotte l'attendoit.

Assez pres du depart peu à peu s'esleuoit
Vn bruyant tourbillon, un furieux orage,
Menaçant les batteaux de perte & de naufrage,
Iettez desia dedans des arbres & des rocs,
Et l'on ne pouuoit plus les tenir par les crocs,
Et l'eau de toutes parts y entrant les submerge.
En ce peril extréme à genoux est la Vierge.
Elle n'eut pas long-temps poussé son oraison,
Que l'orage s'accoise, & la nauigaison
Se donnant la victoire au fort de la tempeste,
Chassant ce qui menace à foudroyer la teste,
Se fit en la bonace ainsi qu'auparauant.
Ainsi elle commande aux vagues & au vent.

Arriuée à Paris elle met en farine
Et en pain tous ses bleds, pour vaincre la famine
De tant de pauures gens ausquels elle donnoit
Par charitable amour tout ce qu'elle pouuoit.

Les pains dedans le four elle les prenoit mesme,
Pour assouuir au pauure vne indigence extréme:
Disant que qui vouloit s'enrichir tout à coup,
Par le pauure il falloit prester à Dieu beaucoup.

  Elle auoit de coustume arriuant le Caresme
De se renfermer seule & faire vn ieusne extréme.
Vne femme voulut curieuse sçauoir
Ce qu'elle faisoit tant, la surprendre & la voir:
Dieu la punit soudain, & la priua de veue,
Dont elle demeura dés l'heure despourueüe:
Iusqu'à ce que la Vierge eust acheué ses iours,
Et que se repentant vne fois pour tousiours,
Elle luy promit d'estre à iamais sa fidelle,
La Vierge rend la veuë à sa double prunelle.

  Vn iour on luy mena douze forts possedez,
Que les esprits malins tenoient tant obsedez,
Que c'estoit vne horreur d'en voir les grands outrages,
Les gehennes, les douleurs, les martyres, les rages.
Elle leur commanda d'aller à Sainct Denis,
Que par elle ils seroient tout à l'heure suiuis.
Cependant elle enioint à ces esprits de Diables,
De ne faire aucun mal à tous ces miserables.

Ils y vont, aussi-tost, la force de sa voix,
Les deliure de mal par vn signe de Croix.
Ces demons en sortant tout l'air ils infecterent.
Ces douze ainsi gueris deuant tous confesserent
Auoir veu Sainct Denis faire tous ses effors,
Combatre les demons, & les chasser dehors.

    Vne mere esplorée en sa cellule ameine
Vn enfant de quatre ans encor cathecumene,
Depuis trois heures mort noyé dedans vn puits,
Elle le ressuscite & luy rend vif son fils.
Aux Pasques ensuiuant on le baptise, &, comme
En sa cellule né, Cellomer on le nomme.

    Vn Aduocat de Meaux tout sourd & tout boiteux,
En luy touchant l'oreille elle guerit les deux.

    Tant de diuins effects cogneus de tout le monde,
Luy donnent vn beau nom sur la terre & sur l'onde,
Et la font reuerer des peuples & des Rois,
Et mesme des Payens, tels qu'estoient les François.
Cela seruit beaucoup pour leur faire apres croire,
De IESVS, nostre Dieu, la grandeur & la gloire.
Chilperic Roy de France, encore que Payen,
L'honorant & l'aimant ne luy refusoit rien :

Il croyoit que faisant des miracles sans cesse,
Elle estoit sur la terre vne pure Deesse.

  Ayant faict condamner vn iour des criminels,
Iustement conuaincus, & pour des crimes tels
Qu'il eust bien desiré ne leur en donner grace ;
Il craignoit que la Vierge approchast de sa face
Pour la luy demander. Par son commandement
Les portes de la ville on ferme promptement :
Elle vient toutesfois. La porte à sa voix s'ouure,
Il la void à ses pieds dedans vn autre Louure,
Il ne veut, il ne peut, son esprit balançant
Et la Vierge & le crime, en fin il y consent.

  Le grand Clouis son fils en faisoit tout de mesme
Estant encor Payen : mais apres son Baptesme (sors
Qu'il creut en IESVS-CHRIST, elle eut tous ses thre-
Pour bastir son Eglise où repose son corps.
Et la fit consacrer sous le nom de Sainct Pierre
Et de Sainct Paul Apostre, & tout le clos de pierre
Que l'on void, fut depuis de Clouis le Palais.
Sous vn marbre en l'Eglise est son corps pour iamais.

  Clothe le suruiuant l'accreut bien dauantage.
Mais tous ses ornemens ont esté de nostre âge

Par la deſpenſe & ſoin de la ROCHEFOVCAVLT,
De ce grand Cardinal, qui fit leuer en haut
Sur quatre pilliers droicts ce Saincts corps, ceſte Chaſſe,
Laquelle à tous momens de Paris nos maux chaſſe:
Pilliers de marbre fin, le plus fort, le plus beau,
Pour porter dedans l'air vn ſi ſacré tombeau,
Qu'en grand crainte on deſcend de deſſus ſa colonne,
Quand vn malheur public nous menace & talonne.
Afin que l'on le porte en grand deuotion,
Faiſant publiquement vne proceſsion.
Ceſte Chaſſe eſt d'argent vermeil d'or, où eſclate
La perle, le rubis, le diamant, l'agathe,
Piece plus merueilleuſe & de plus rare prix   (phis.
Que ne ſont les tombeaux des vieux Rois de Mem-
    Doncques de ſon viuant ſi grand fut ſon merite,
Que meſme le cogneut Sainct Simeon Stellite,
Lequel de ſa colonne où il fut quarante ans,
Prioit les Pelerins d'icy le viſitans,
De le recommander à ſes ſainctes prieres,
Sçachant qu'elles n'eſtoient enuers Dieu des dernieres.
Loüant ſa ſaincteté, & publiant ſon prix,
Courans en meſme courſe ils eſtoient bons amis,

Et l'vne estant en France, & l'autre à Antioche,
D'esprit sainct & de vœux, l'vn de l'autre s'approche.
Et pour vous faire voir comme elle cognoissoit
Et le bien & le mal de ceux qu'elle voyoit:
Il suffira d'en dire vne sommaire histoire
Pleine de verité, pour marque à la memoire.
Vne Vierge professe ayant deuotion
D'apprendre & d'imiter ses mœurs & son action:
L'estant venu trouuer, à part elle l'appelle,
Luy demande, estes-vous encor vierge & pucelle?
Et la foy de vos vœux est-elle entiere à Dieu?
Ayant respondu Ouy, elle luy dit le lieu,
Et le temps, & celuy qui l'auoit violée:
Apres le confessant elle l'a consolée.
   Les larmes du pecheur & la contrition,
En obtiennent la grace & la remission.
Par le Sainct Sacrement de vraye Penitence
Le sang de IESVS-CHRIST efface toute offence.
A mille & mille encor elle en dit tout autant,
Elle est vne Prophete, vn Oracle viuant.
   Or outre sa bonté de voir à gaye face
Ceux qui de toutes parts vont implorer sa grace,

Appliquant à leurs maux le remede diuin
Que Dieu diſtribuoit par ſa prodigue main ;
Pour ſouffrir eſtre veuë elle entreprit voyage,
Et par deuotion faiſoit pelerinage,
Viſitant diuers lieux ; Noſtre-Dame de Laon,
A Orleans le tombeau du deuot Sainct Aignan,
A Sainct Martin de Tours. Par tout où elle paſſe
Touſiours en ſon chemin elle faict quelque grace.
Le peuple qui le ſcait va par tout au deuant,
Tout humble, tout deuot la Vierge receuant.

   Comme elle arriue à Laon, tout le monde la prie
D'aller voir vne fille en ſa paralyſie
Depuis plus de neuf ans, ayant les os retraits,
Sans iointures, ſans nerfs, de la mort les pourtraits,
Elle y va, tout le peuple en tourbe l'a ſuiuie,
 t maniant ſon corps elle la rend guerie,
 lle luy commanda ſeule de ſe veſtir,
 t ſoudain en l'Egliſe auec elle venir.
 lle ſe leue ſaine, & du miracle eſtrange
 out le peuple s'en va rendre à Iᴇsᴠs loüange.
 A Orleans comme elle eſt en l'Egliſe à genoux
 ne mere en plorant luy diſt ; Vierge aidez nous,

Ma fille est à la mort d'vne fiéure assaillie :
La Vierge luy repart ; Va, ta fille est guerie.
La mere eut de la ioye, & void en retournant
Que sa fille à grand pas luy venoit au deuant.

Vn valet que son maistre alloit battre à outrance,
Implora son secours, n'ayant autre defence.
Le maistre elle en pria, luy, respond de mespris ;
Mais vne fiéure chaude incontinent l'a pris.
Il recourt à la Vierge, & pardonnant la faute,
La Vierge luy pardonne & sa fiéure luy oste.

Baissant sur la riuiere elle appaise le vent,
L'orage & le peril qui l'alloit poursuiuant.

On luy presente à Tours plusieurs Energumenes,
Tous elle les deliure & les sort de leurs peines.

De retour à Paris elle opere plus fort,
Continuant tousiours, & mesme apres sa mort.

Certes il nous faudroit mille & mille Iliades
Si nous voulions descrire icy tous les malades
Ausquels elle a donné & donne encor secours :
Le nombre est infiny bien plus grand que de iours.
Et qui pourroit nombrer les gouttes de la pluye,
Les oisillons de l'air, les pigeons de la fuye,

*Les flambeaux de la nuict, les estoiles des Cieux,*
*Les fleurs que le Printemps espanouit à nos yeux,*
*Les sables de la mer, il diroit les miracles*
*Qu'elle a faits, qu'elle fait aux lieux de ses Oracles.*
*Car par tout où elle est, ou sa Chasse, ou son Nom,*
*On ne l'inuoque point sans en auoir le don.*

* Auant que passer outre, il faut que ie n'oublie*
*D'amener en ce lieu la saincte Celinie,*
*La premiere professe à sa reigle, à sa voix,*
*Delaissant son Espoux pour viure sous la croix,*
*Son espoux enflamé d'une ardeur non égale,*
*Vouloit iouyr du fruict de la foy nuptiale,*
*Et l'une & l'autre Vierge en furie il poursuit,*
*L'une & l'autre en l'Eglise à sauueté s'enfuit.*
*Mais la porte est fermée, & presque il les attrape:*
*La Foy l'ouure, ô miracle! & l'une & l'autre eschappe.*

* Six cens seize ans apres son bien-heureux trespas,*
*Sous le Roy Louis le Gros il arriua ca bas*
*Vn mal lors inconnu, Feu sacré l'on le nomme,*
*Lequel iusqu'à la mort va bruslant & consomme.*
*Apres qu'on tente en vain l'Hippocrate secours,*
*A Iesus & sa mere on eut aussi recours.*

A Paris toutefois nul secours on ne donne,
S'il n'est en fin requis par la Vierge Patrone.
Mais son corps apporté en grand' deuotion
Par les Prestres sacrez, en la procession,
Si tost que la Chasse entre au Temple Nostre Dame,
Obtient toute santé quiconque la reclame.
Si tost que l'on la touche, on est en vn clin d'œil
Aussi sain, aussi net, que le plus beau Soleil.
Ce iour là plus de cent en eurent allegeance;
Le mal mesme cessa par toute nostre France.
Trois par faute de Foy, seuls n'eurent du secours,
Incredules en l'ame ils finirent leurs iours.
Pour marque du Miracle on esleue ce Temple,
Lequel de son portail Nostre-Dame contemple.
Vne Feste s'en faict au mesme iour & temps,
Le vingt-six de Nouembre, on l'appelle, Aux-Ardans.
    Ce qui est admirable, est qu'en la Franconie
Ce sacré Feu bruslant cruciant de furie
Vn Prestre fort scauant, docte Predicateur,
De Fulde au Diocese & ressort de Virthbeur,
Qu'on nomme Iean Schymel, ne trouuant nul remede,
Quelque Sainct qu'à son mal deuot il intercede.

Vne nuiét en dormant il entend vne voix
Qui luy parle & luy crie à deux diuerses fois,
Genevieve, il s'esueille, & prend vne Legende,
Pour y lire sa vie, afin qu'il y entende
Le secret de la voix ; & comme il y eut veu
Des Ardans le Miracle, il fait soudain son voeu :
Et s'estant rendormy, la Vierge se presente,
Le guerit, & du mal en vn moment l'exempte.
Il enuoye à Paris le signal de l'effect,
En l'an mil cinq cens cinq ce miracle s'est faict.

# VOEV
# A LA VIERGE
# MADAME SAINCTE
## GENEVIEVE
Patrone de Paris.

## SONNET.

GENEVIEVE ſacrée, Eſpouſe de mon Maiſtre,
Patrone de Paris, l'œil du monde Francois;
Ie ſuis par trop ingrat des biens que ie recois
De ta prodigue main, ſans les faire pareſtre.

Vn iour que languiſſant ſur le moment peut-eſtre
D'arracher de mon ſein & ma vie & ma voix;
Parlant bas en mon coeur, ton beau nom t'inuoquois,
Miracle! mon mal ceſſe, & ma ſanté vint naiſtre.

Deux ou trois fois encor tu m'en as faict de tels.
Ie vien t'en rendre grace aux pieds de tes Autels,
Pour prix y conſacrant ces Vers à ta memoire.

Belle Eſtoile du Ciel, Aſtre benin & doux,
Vierge, obtien par amour de IESVS ton Eſpoux;
Que ie flamboye vn iour des beaux feux de ſa gloire.

CORBIN.

# A MONSIEVR CORBIN
## SVR LA VIE DE MADAME
## SAINCTE GENEVIEVE
## PATRONE DE PARIS:
### parluy mise en Vers François.

DV deuot CARDINAL imitant le sainct zele,
Qui pour toucher les cœurs de chasque ame fidele,
Ha si pompeusement (en l'honneur de PARIS)
De sa PATRONE orné le Sacre-sainct Pourpris:
Tu te monstres, CORBIN, vers cette SAINCTE mesme,
(Pour t'auoir, apres DIEV, sauué de la Mort blesme,)
Tout plein de pieté: descriuant en beaux Vers,
Sa Naissance, sa Vie, & Miracles diuers.

D. ROVILLARD.